AF389731

Lasse Morden

Jenny Johnson #0

Heilig Abend – ein Kriminal-Lesespiel

Lasse Morden

Jenny Johnson #0

Heilig Abend – ein Kriminal-Lesespiel

1

24. Dezember, 16:35 Uhr

Weihnachten, Heilig Abend. Die besinnlichste Zeit des Jahres steht kurz vor ihrem Höhepunkt. Pünktlich zu diesem Datum, hat es gestern Nachmittag zu schneien begonnen, und das weiße Nass verwandelt den kleinen Vorort der Hauptstadt in ein sehr anschauliches Winterwunderland.

Überall sind die Vorgärten geschmückt, Fenster mit bunten Lichterketten und die Glasscheiben mit Kunstschnee dekoriert.

Familien finden zusammen, das Essen ist auf dem Herd und im Ofen. Menschen, die sich schon lange nicht mehr gesehen haben, sitzen in den Wohnzimmern und freuen sich auf das, was nun kommen wird.

In einigen Häusern beginnen die Eltern bereits damit, die Geschenke unter die Weihnachtsbäume zu legen, und die Kinder zappeln nervös in ihren Zimmern umher, bis die große Bescherung endlich startet.

Jedoch ist es auch in dieser beschaulichen Gegend, an diesem besinnlichen Tag, nicht überall der Fall, dass alle Menschen jemanden haben, mit dem sie dieses Fest begehen können.

Eine dieser Personen, die heute alles andere als fröhlich ist, ist Erna. Die 76-jährige, kinderlose Rentnerin hat in der jüngeren Vergangenheit einige Schicksalsschläge verkraften müssen. Am 24. November ist ihr Ehemann Karl, nach kurzer, aber sehr schwerer Krankheit verstorben. 56 Jahre lang sind sie verheiratet gewesen.

In diese immer noch anhaltende Trauer hat Erna gestern einen weiteren, großen Verlust, in ihrem Leben erleiden müssen. Ihr 14-jähriger Jack-Russel-Terrier Josie ist von einem auf Glatteis rutschenden Auto überfahren worden. Der Hund, der ihr als einziger Freund im Leben geblieben ist, ist jedoch nicht direkt tot gefahren worden. Erna hat ihn schwer verletzt zu einem Tierarzt bringen müssen, der das wegen seiner Schmerzen jämmerlich jaulende Tier, von seinen Qualen erlöst hat.

Dieser Umstand hat ihr mächtig zugesetzt. Erna sitzt im Wohnzimmersessel ihres Mannes und hält ein braun gerahmtes Foto ihres treuen Begleiters in Händen, als es an ihrer Haustür läutet.

Eigentlich ist ihr gar nicht danach, Besuch zu empfangen. Trotzdem erhebt sie sich aus dem Sessel, stellt das Bild auf den kleinen Wohnstubentisch, verlässt den Raum und geht durch den kleinen Hausflur an die Tür.

Bevor sie öffnet, schnäuzt sie sich einmal in ihr handgesticktes Taschentuch, wischt sich mit dem linken

Unterarm eine Träne aus dem Gesicht und greift dann nach der Türklinke.

Die Witwe ist überrascht, als sie erkennt, wer hier vor ihrer Haustür steht:

Es ist ein Weihnachtsmann! Und in seinen Händen hält er zwei wunderschön verpackte Geschenke.

»Guten Tag und frohe Weihnachten!«, beginnt der unerwartete Besucher mit seltsam tiefer Stimme. »Bist du die Erna?«, möchte er weiter wissen.

»Ja!«, antwortet die ältere Dame immer noch etwas verwirrt.

»Man hat mir mitgeteilt, dass du dieser Tage viele traurige Ereignisse zu verdauen hast.«

»Das stimmt! Aber … aber woher wissen Sie … .«, beginnt die 76-jährige, wird aber jäh unterbrochen.

»Ho, ho, ho! Liebe Erna! Ich bin der Weihnachtsmann! Ich sehe und ich weiß alles!«

Erna blickt skeptisch.

»Der Rentnerverein hat mich auf die Reise geschickt und mich gebeten auch bei dir vorbeizuschauen. Jedes Jahr werden Spenden gesammelt, mit denen dann Geschenke gekauft werden, die dann an unsere älteren Mitmenschen übergeben werden, damit auch diese etwas Freude in dieser besinnlichen Zeit verspüren!«

Ernas Skepsis schwindet. Sie betrachtet sich den Weihnachtsmann und mustert ihn. Ihr zweifelnder Blick weicht einem verhaltenen Lächeln.

»Darf ich Dir im Namen der Rentnervereinigung diese beiden Geschenke überreichen?«

Erna entspannt sich. Sie streckt ihre Arme aus, um die beiden Geschenke in Empfang zu nehmen. Jedoch muss sie schnell feststellen, dass sie zu schwer sind, um sie selbst ins Haus zu tragen.

»Oh, sind die aber schwer! Was mag da wohl drin sein?«, fragt sie lächelnd.

»Das wirst du gleich sehen, liebe Erna! Darf ich vielleicht eintreten und die Geschenke auf einen Tisch stellen?«

Gerne bittet die Witwe den bärtigen Gast in ihr Haus einzutreten.

»Bitte ins Wohnzimmer! Das befindet sich am Ende des Flures, rechts!«, erklärt Erna und schließt ihre Haustür wieder, nachdem der Weihnachtsmann die Wohnstube betreten hat.

Sie folgt ihm und auf dem Weg ins Wohnzimmer weichen ihre Zweifel endgültig zugunsten einer gewissen Vorfreude auf das, was in den beiden Kartons wohl verpackt sein mag.

Als sie die gute Stube betritt, liegen die beiden Geschenke schon auf dem Tisch. Erna geht zielstrebig auf die Päckchen zu, wird jedoch noch einmal von ihrem Gast angehalten.

»Bevor wir die große Bescherung zelebrieren, habe ich hier noch eine kleine Überraschung, einen kleinen Freudenschmaus, für dich!«, erklärt der Weihnachtsmann streng mit seiner tiefen Stimme. Dabei hält er seinen rechten Arm vor den Körper der Bewohnerin.

Er zieht drei selbst gebackene Lebkuchenherzen aus seiner linken Jackentasche hervor, die in einem schön gestalteten Papier eingewickelt sind.

»Diese besondere Weihnachtsleckerei haben die Kinder unter Aufsicht von Schwester Agathe für dich gemacht!«, stellt der Besucher fest und hält seine Gabe Erna entgegen, in der Hoffnung, dass diese danach greift.

Dies tut sie jedoch nicht. Die Freude weicht aus ihrem Gesicht und sie blickt ihren Gast erneut zweifelnd an.

»Ich kann die nicht essen! Ich vertrage keinen Lebkuchen!«

Sie hält kurz ein, betrachtet sich die Speise ein weiteres Mal und fährt dann fort: »Tut mir leid!«

Dann blickt sie an ihrem Gast vorbei auf die Päckchen.

»Nun ja, wenn das so ist ...«, beginnt der Weihnachtsmann mit tiefer Stimme, aber einem gütigen Ton und tritt einen Schritt nach hinten, so dass Erna sich auf den Weg zu ihren Geschenken machen kann.

Gerade, als sie unmittelbar vor dem Bauch ihres Besuchers vorbei geht, greift dieser nach ihrem Schopf, reckt den Kopf der alten Dame kurz nach hinten, holt Schwung und knallt Ernas Stirn mit voller Kraft gegen die Eckkante ihres Wohnzimmertisches. Das Opfer kann nicht reagieren und außer einem kurzen Aufschrei des Erschreckens, ist von der Frau auch nichts zu hören.

»Nun hast du deine Bescherung!«, sagt der Täter streng und laut.

Erna liegt rücklings auf dem Boden und ist sichtlich sehr benommen. An ihrer Stirn ist eine große, blutende Platzwunde zu erkennen.

Jetzt schreitet der Weihnachtsmann auf die alte Frau zu, packt sie erneut am Schopf und schlägt ihren Schädel mehrere Male heftig gegen die Kante des Tisches. Keine Gegenwehr ist von der Frau wahrzunehmen. Sie muss sich ihrem Schicksal ergeben und alsbald ist das Leben aus ihrem Körper entwichen.

Als der Mörder erkennt, dass Erna tot ist, lässt er von seinem Opfer ab und der leblose Körper gleitet bäuchlings auf den Boden. Der Täter kniet sich neben die Leiche, schaut ihr ins Gesicht und sagt:

»Wenn du den Lebkuchen genommen hättest, wäre das so nicht passiert! Aber du musstest dich ja verweigern! Das hast du nun davon!«

Dann steht der Bärtige auf, legt zwei der drei Lebkuchenherzen auf den Wohnzimmertisch und greift sich das dritte Stück. Dieses bricht er zuerst in zwei Teile, wovon er eines in Ernas Mund schiebt. Den Rest des Gebäckes verteilt er auf dem Boden, neben der Leiche, und steckt einen kleinen Teil davon in die linke Hand der verstorbenen Witwe.

Jetzt erhebt sich der Mörder, greift sich die beiden Päckchen und verlässt das Haus der Rentnerin.

»Ho, ho, ho! Fröhliche Weichnachten!«, ist das Letzte, was in dem Gebäude von ihm zu hören ist.

Dann schlägt die Haustür zu.

2

24. Dezember, 18:01 Uhr

Peter Stolz erreicht gerade mit seinem neuen Rolls Royce den Eingangsbereich seines großen Herrenhauses, am Rande der Stadt. Sein Unternehmen, die Stolz AG, ist der größte Arbeitgeber der Großregion. Endlich hat auch er mal ein paar freie Tage. Der allein lebende Mittvierziger ist guter Dinge und freut sich am Ende eines sehr erfolgreichen Geschäftsjahres auf ein sehr gutes Glas Wein und den Entenbraten, den er sich alljährlich in seinem Lieblingsrestaurant zu Heilig Abend zubereiten lässt. Gerade möchte er seine Haustür aufschließen, da hört er, dass sein Telefon klingelt.

Er schnauft und verdreht die Augen. Dann bekommt er allerdings eine Idee, wer ihn da anrufen könnte. Schnell öffnet er die Tür und betritt die Halle seines Heimes. Er hebt den Hörer aus der Gabel und meldet sich mit seinem Namen.

Am anderen Ende der Leitung ist der Betriebsratsvorsitzende, der sich für sein Weihnachtsgeschenk bedanken möchte.

Genau darauf hat der Firmengründer gehofft. Herrn Schober, so ist der Name des Leiter des Betriebsrates, ist erfreut, dass er einen neuen Mercedes S600 vor seinem

Haus vorgefunden hat, als er eben nach Hause gekommen ist.

»Jeder bekommt das, was er verdient! Der Weihnachtsmann sieht eben alles, werter Kollege! Das Streichen des Weihnachtsgeldes und das Durchsetzen der Überstunden für alle Vollzeitkräfte von 160 Stunden im Jahr, ohne Lohnausgleich, muss angemessen honoriert werden!«

Schober bedankt sich erneut und findet sehr löbliche Worte für den Firmenchef, welche diesem diesen Abend noch angenehmer machen.

»Grüßen Sie Ihre Frau von mir und haben sie friedliche und besinnliche Feiertage im Kreise Ihrer Lieben, Herr Schober! Wir sehen uns dann am 2. Januar zur Planung des Geschäftsjahres! Und seien Sie pünktlich! Jetzt gibt es keine Ausreden mehr, wie: das Auto ist nicht angesprungen und so weiter!«

Lachend legt Stolz den Telefonhörer auf die Gabel und beendet so das Gespräch. Dann dreht er sich zu seiner Haustür um, damit er sich auf den Weg machen kann, diese zu schließen. Der Geschäftsmann erschreckt sich einen kurzen Moment, als er dort einen Weihnachtsmann in seinem Türrahmen stehen sieht. Er hält einen Moment lang ein und betrachtet sich seinen unerwarteten Besucher.

»Ja, bitte? Kann ich Ihnen helfen? Sammeln Sie Spenden, für irgend jemanden oder irgend so eine Organisation?«, will er in herrischem Tonfall wissen.

»Peter Stolz? Bist du Peter Stolz?«, erwidert der Angesprochene in sehr tiefem Ton, ohne auf die Fragen seines Gegenüber einzugehen.

»Ja, der bin ich! Wer soll ich denn sonst sein? Das hier ist mein Haus!«, erklärt Stolz und breitet dabei seine Arme aus, um zu signalisieren, dass alles hier wirklich in seinem Eigentum steht.

Ein Moment der Stille kehrt ein. Der Weihnachtsmann reagiert nicht, wie es der Unternehmer erwartet hätte. Stattdessen macht dieser nun einen Schritt in das Haus hinein und verschließt die Tür mit einem Fuß.

»Was soll das? Was wollen Sie?«, will Peter etwas ungehalten wissen.

»Ich bin hier, weil der Vorstand deiner Firma mich geschickt hat, dir zwei Geschenke und eine Leckerei zu überreichen.«

Das klingt plausibel. Peter entspannt sich wieder und zeigt auf eine Ablage neben dem Telefon, wo er seine Geschenke gerne abgelegt gesehen hätte.

»Da soll ich die Geschenke abstellen? Das finde ich aber nicht schön, Peter! Können wir nicht in einen, für eine Bescherung, besser geeigneten Raum gehen?«

Wieder ist Peter etwas genervt. Er zeigt dies, indem er die Augen verdreht. Zwar ist er immer noch erfreut über die Geste der Kollegen, trotzdem möchte er endlich in Ruhe seinen Wein und das feine Weihnachtsessen genießen.

Der Gast hält einen Moment inne und wartet, ob der Mittvierziger ihn noch in einen der anderen Räume bittet. Dies tut er jedoch nicht. Erneut deutet Stolz auf die Ablage neben dem Telefonapparat.

»Na gut, Peter. Es ist ja deine Bescherung. Musst du selbst wissen, wo du die stattfinden lassen willst!«, gibt sich der Weihnachtsmann mit der auffällig tiefen Stimme nachgiebig.

Er stellt die beiden Geschenkpakete auf den brauen Tisch und Peter nähert sich.

»Da bin ich aber mal gespannt, was sich die lieben Kollegen da haben einfallen lassen!«, äußert Peter neugierig, jedoch hält ihm sein bärtiger Besucher einen Arm vor den Körper, sodass er sein angestrebtes Ziel nicht erreichen kann.

Fragend blickt der Unternehmer in die Augen des Weihnachtsmannes.

»Bevor ich Dir erlauben kann, die Geschenke zu öffnen, habe ich hier noch eine Leckerei für dich. Lebkuchen!«, sagt der Besucher und zieht drei, in feinem Papier verpackte Lebkuchenherzen aus seiner Jacke hervor.

Erneut reagiert Peter genervt.

»Ich esse keinen Lebkuchen!«

Blickkontakt. Stille.

Peter möchte sich nun an seinem Gast vorbeidrücken. Da lässt dieser plötzlich den Lebkuchen auf den Boden fallen. Blitzschnell zieht er danach einen Käseschneidedraht aus seiner linken Jackentasche, wickelt diesen um den Hals des Hauseigentümers und schnürt ihm damit die Luft ab.

Reflexartig greift sich das Opfer mit beiden Händen an den Hals und versucht die Waffe von sich zu lösen. Jedoch gänzlich ohne Erfolg. Der Kopf des Mittvierzigers beginnt sich zu verfärben, der Mörder zieht immer fester zu und letztlich dauert es gar nicht lange, bis der Unternehmer leblos zu Boden sinkt. Auch sein Lebenslicht ist an diesem 24. Dezember für immer erloschen.

Als die Leiche bäuchlings auf dem Boden liegt, lässt der Täter von seinem Opfer ab, löst den Draht wieder, steckt diesen in seine Jackentasche und wirft einen Blick auf den toten Körper.

»Der Weihnachtsmann sieht alles!«, äußert dieser bestimmt.

Dann schaut er sich um, greift sich den fallen gelassenen Lebkuchen und fragt sich selbst, warum heutzutage niemand mehr Lebkuchen isst.

Zwei der Herzen legt er neben das Telefon auf die Ablage. Das dritte Gebäckteil zerteilt der Bärtige in zwei Stücke. Eines schiebt er in den Mund seines Opfers und das andere in dessen rechte Hand.

Dann schnauft der Mörder einmal tief durch, greift sich seine beiden Geschenkpakete und verlässt das das Haus. Draußen zieht der Täter mit einem Schlüssel an der Längsseite der Luxuslimousine vorbei, begibt sich dann flotten Schrittes von dem Anwesen herunter und verschwindet in der Nacht.

3

25. Dezember, 14:30 Uhr

Auf dem Wintermarkt des kleinen Vorortes herrscht ein fröhliches Treiben. Das Wetter ist auch heute sehr weihnachtlich, sprich es hat etwa 0 Grad und leichter Schneefall kommt vom Himmel herunter.

Die Buden und Stände verkaufen allerlei Glühwein und Zimtwaffeln, aber auch bereits reduzierte Weihnachtsartikel sind sehr gefragt.

Einer der diesen Markt heute Nachmittag besucht ist der pensionierte Polizist Volker Strammer. Der 68-Jährige genießt seinen verdienten Ruhestand, nach einem Leben voller Gefahren, Angriffen und auch schönen Momenten, in denen er Menschen aus lebensbedrohlichen Situationen geholfen hat.

Gerade, als er sich seinen ersten Glühwein entgegen genommen hat und sich auf den Weg zu einer der „Weihnachtskrambuden" macht, spricht ihn einer der vielen Weihnachtsmänner an, die sich hier tummeln.

»Ho, ho, ho! Frohe Weihnachten, der Herr!«, wünscht der Bärtige mit tiefer Stimme.

»Das wünsche ich auch, Herr Weichnachtsmann!«, erwidert der Pensionär.

»Wie ich sehe haben Sie sich schon etwas Feuchtes gegönnt! Darf ich Ihnen dazu eine kleine Leckerei anbieten? Es sind die Letzten, die ich noch bei mir trage!«, erkundigt sich Santa und hält seinem Gegenüber drei Lebkuchenherzen entgegen, die in einem schön gestalteten Papier eingewickelt sind.

»Da kann ich doch nicht nein sagen!«, freut sich Volker und nimmt das Geschenk entgegen.

»Dann wünsche ich Ihnen noch viel Spaß auf unserem Wintermarkt und einen guten Rutsch ins neue Jahr! Vielleicht sehen wir uns ja hier am 1. Januar wieder! Ho, ho. Ho!«, äußert der Weihnachtsmann fröhlich, wendet sich von Strammer ab und geht seiner Wege.

4

25. Dezember, 15:03 Uhr

In der örtlichen Polizeistation des kleinen Vorortes sind die diensthabenden Beamten mit dem bisherigen Verlauf der Feiertage, mehr als zufrieden. Bislang hat es nur drei Anrufe gegeben, die ein Ausrücken der Ordnungshüter zur Folge gehabt haben.

Das soll sich aber mit dem nun eingehenden Anruf ändern. In dem Telefonat wird gemeldet, dass auf dem Wintermarkt plötzlich ein älterer Mann zusammengebrochen und verstorben ist.

Sofort bricht eine gewisse Unruhe auf dem Revier aus und vier Beamte machen sich unter Blaulicht auf den Weg zum Tatort.

Dort angekommen erleidet der leitende Hauptkommissar Stefan Strammer einen Schock. Es ist sein Vater, der hier leblos auf dem Boden liegt. Sofort kümmert sich eine Kollegin um den Polizisten und führt ihn erst einmal ein paar Schritte vom Fundort weg. Unter Tränen versucht sich der Sohn wieder dem toten Erzeuger zu nähern, aber die Kollegin weiß dies zu verhindern.

Es vergehen ein paar Minuten, bis sich der Polizeibeamte wieder gefangen hat. Er ruft einen

Kollegen zu sich und bittet ihn die Leitung des Falles zu übernehmen. Dann nähert sich der Sohn wieder seinem Vater. Er erkundigt sich beim Gerichtsmediziner, ob dieser schon etwas zur Todesursache sagen könnte.

»Es sieht so aus, als wäre er erstickt.«, erklärt der Mediziner.

»Das deckt sich auch mit dem, was andere Besucher des Marktes ausgesagt haben. Dein Vater hat sich an den Hals gefasst und man hatte den Eindruck, als würde er keine Luft mehr bekommen!«, sagt Martina, eine Kollegin des Sohnes.

»Er hat wohl von diesem Lebkuchen gegessen, allerdings habe ich in seinem Rachenbereich keine Reste davon entdecken können.«, äußert der Arzt weiter.

Stefan überlegt.

»Ist dein Vater Herzkrank gewesen? Oder hat er sonst irgendwelche Probleme mit den Atemwegen gehabt, von denen du weißt?«, will der Gerichtsmediziner weiter wissen.

Stefan denkt noch einmal kurz nach und blickt dabei auf das leblose, blau-rötlich verfärbte Gesicht seines toten Erzeugers.

»Nein, nicht das ich davon gewusst hätte. Er ist für sein Alter kerngesund gewesen. Er hat sich im Herbst vorgenommen, im Frühjahr einen Halbmarathon zu laufen. Dafür hat er wohl die letzten Wochen sehr intensiv trainiert. Meine Mutter hat ihn immer wieder gebeten, etwas kürzer zu treten und es mit dem Training nicht zu übertreiben.«

Alle blicken auf die Leiche.

»Ich muss jetzt zu meiner Mutter! Ich will es ihr persönlich sagen.«

»Ich fahre dich!«, erklärt Martina und die beiden machen sich auf den Weg zu einem der Streifenwagen.

»Ich halte dich auf dem Laufenden, Stefan.«, ruft Patrik seinem Vorgesetzten hinterher, der nun der Leiter der Ermittlungen ist.

Als Stefans Mutter die Haustür öffnet, zeigt sie sich positiv überrascht, als sie ihren Sohn davor stehen sieht.

»Oh, Junge! Was für eine freudige Überraschung! Ich habe gedacht, dass du heute den Tagesdienst hast! Schön, dass du die Zeit gefunden hast, deine alte Mutter zu besuchen. Dein Vater ist aber ...«, endet die Frau, als sie den ernsten Gesichtsausdruck ihres Sohnes wahrnimmt.

»Etwas Schlimmes ist passiert!«, beginnt Stefan das Gespräch und ihm kommen die Tränen.

»Papa … Papa ist tot!« erklärt er seiner Mutter weinend und nimmt die Witwe in den Arm.

Martina greift mit einer Hand an die Schulter ihres Kollegen und erklärt dann, dass es am besten wäre, wenn man ins Haus gehen würde. Dies passiert dann auch.

Die drei begeben sich in die Küche und setzen sich.

»Soll ich Ihnen einen Schluck Wasser bringen, Frau Strammer?«, erkundigt sich Martina.

Frida Strammer nickt.

»Was ist denn passiert? Ich kann es gar nicht glauben!«

Martina übergibt Frida das Wasserglas.

»Das wissen wir noch nicht. Zeugen haben ausgesagt, dass Papa plötzlich schlecht Luft bekommen hat. Dann ist er umgefallen und gestorben. Vielleicht ist er erstickt. Er hat wohl Lebkuchen gegessen.«

»Hat Ihr Mann vielleicht irgend welche Allergien gehabt?«, will die Polizistin wissen.

Frida schüttelt den Kopf.

»Hat er gesundheitliche Probleme gehabt? Ist er vielleicht Herz- oder Lungenkrank gewesen?«, fragt die Beamtin weiter.

Erneut schüttelt Frida den Kopf. Im Raum macht sich eine ruhige Fassungslosigkeit breit. Man schweigt.

»Ich kann es gar nicht glauben! Was … was mache ich denn jetzt?«, erkundigt sich die Witwe und fängt lauthals an zu heulen.

Martina nimmt sie in den Arm. Erneut vergeht einige Zeit in der nicht gesprochen wird. Dann klingelt das Telefon.

Stefan nimmt den Hörer ab und erfährt, dass Patrik am anderen Ende der Leitung ist. Er teilt seinem Kollegen mit, dass der Gerichtsmediziner zu der Ansicht kommt, dass es sich bei der Todesursache des Vaters auch um eine Vergiftung mit blauem Eisenhut handeln könnte. Man hätte am Tatort Erbrochenes gefunden, außerdem hätte sein Vater Durchfall gehabt, bevor er verstorben ist. Zeugen hätten ausgesagt, dass er von einem Weihnachtsmann mit auffällig tiefer Stimme, den erbrochenen Lebkuchen überreicht bekommen hätte.

»Blauer Eisenhut!«, äußert Stefan erschrocken.

Auch Frida reißt ihre Augen weit auf, als sie den Begriff aus dem Mund ihres Sohnes hört. Sofort suchen sich die Blicke der beiden Familienangehörigen.

»Bernd Kluge!«, äußern beide gleichzeitig.

»Patrick, such bitte die Akte Bernd Kluge heraus. Ich komme sofort ins Revier«, erklärt Stefan und legt den Hörer auf die Gabel.

»Wer ist Bernd Kluge?«, möchte Martina wissen.

»Bernd Kluge ist ein Apotheker hier aus der Stadt. Er ist vor sieben oder acht Jahren verdächtigt worden, Menschen mit blauem Eisenhut vergiftet zu haben. Mein Vater hat gegen ihn ermittelt, jedoch haben die Beweise nicht ausgereicht, um eine Anklage gegen ihn zu erheben. Seine Familie ist wegen der Vorwürfe zerbrochen und er hat seine Apotheke schließen müssen, hat jedoch vor etwa zwei Jahren die Apotheke in der Hauptstraße von Huber übernommen, der sich in den Ruhestand verabschiedet hat. Huber ist ein Kegelfreund von meinem Vater ... gewesen.«, klärt Stefan seine Kollegin auf.

»Späte Rache?«, will die Beamtin wissen.

»Möglich!«

Die beiden Polizisten machen sich auf den Weg ins Polizeirevier, wo sie sich die Akten des vermeintlichen Täters ansehen. Der Grund für den Verdacht, dass Kluge der Täter sein könnte, hat sich vor allem darauf begründet, dass er als Apotheker Zugang zum verwendeten Gift hat. Weiterhin haben einige Zeugen ausgesagt, dass sich jeweils ein Mann mit auffällig tiefer Stimme an den Tatorten aufgehalten hat, zu dessen Beschreibung das Aussehen des Apothekers ausnehmend gut gepasst hat.

Patrik und Stefan entscheiden, dass sie Bernd Kluge einen Besuch abstatten werden. Sie und Martina machen sich auf den Weg, um den vermeintlichen Täter zu befragen.

5

25. Dezember, 19:30 Uhr

Martina klingelt an der Tür von Bernd Kluge. Patrik steht neben seiner Kollegin und Stefan hält sich im Hintergrund auf. Es dauert nicht lange und der Hausbesitzer öffnet die Tür. Dieser erschreckt sich, als er die drei Beamten der Polizei erblickt.

»Was kann ich für Sie tun?«, will Kluge wissen.

»Sind Sie Bernd Kluge? Wir sind hier, weil auf dem Wintermarkt eine Person gestorben ist. Vermutlich vergiftet – mit Eisenhut!«, klärt ihn die weibliche Polizistin auf.

»Schon wieder! Das darf doch nicht wahr sein! Was soll das denn!?«, empört sich der Beschuldigte und schaut sich den dritten Polizisten genauer an.

»Strammer! Natürlich!«, gibt sich Bernd aggressiv.

»Bei dem Toten handelt es sich um VOLKER Strammer!«, erklärt Patrik.

Schweigen.

»Dürfen wir bitte eintreten, Herr Kluge? Wir haben ein paar Fragen an Sie!«, bittet Martina und macht einen Schritt auf die Haustür zu, was der Hausbesitzer jedoch mit dem Ausstrecken seines linken Armes unterbindet.

Martina blickt den Mann ernst an.

»Wir können Sie auch mit aufs Revier nehmen, HERR Kluge!«, äußert Patrik.

Schweigen. Kluge überlegt. Dann zieht er seinen Arm zurück und bittet die Beamten einzutreten. Als Stefan an ihm vorbeigeht, spricht der Apotheker dem Polizisten sein Beileid aus. Dieser zeigt hierauf keine Reaktion.

Im Wohnzimmer angekommen, setzt sich Bernd in seinen Sessel und die drei Staatsbeamten stellen sich im Halbkreis vor den Beschuldigten.

»Nun?«, will dieser wissen.

»Wo sind Sie zwischen 14 Uhr und 16 Uhr gewesen?«, erkundigt sich Patrik, während Stefan seinen Notizblock zückt, um mitzuschreiben.

Kluge überlegt.

»Bei meinen Eltern! Ich bin gegen 11 Uhr zu meinen Eltern gefahren und dort bis etwa 18 Uhr geblieben!«

»Wann?«, will Martina wissen.

»Wie, wann?«, entgegnet Bernd überrascht.

Die Polizisten sehen sich an. Kluge beobachtet dies.

»Gestern? Heute? Wann sind Sie bei Ihren Eltern gewesen?«, fragt die Beamtin erneut.

»Heute!«

Bernd blickt skeptisch.

»Woher wissen Sie, dass der Mord heute passiert ist? Das haben wir nicht erwähnt!«

Kluge stockt. Hektisch blickt er die Staatsdiener einen nach dem anderen an.

»Das … das habe ich mir jetzt einfach so gedacht!«, äußert der Beschuldigte sichtlich nervös.

Schweiß bildet sich auf seiner Stirn.

»So, so, das haben Sie sich gedacht!?«, sagt Stefan.

»Ja … jjja … .«

»Und wenn ich Ihnen nun sage, dass der Mord gestern zwischen 14 und 16 Uhr passiert ist?«, will Patrik wissen.

Bernd überlegt.

»Gestern ist Heilig Abend gewesen. Da … da habe ich die Apotheke gegen 14 Uhr geschlossen, habe noch etwas Ordnung gemacht … und meine Abrechnung der Kasse!«

»Können Sie das beweisen? Sind noch Kunden in der Apotheke gewesen?«, erfragt Martina.

»Kurz vor 14 Uhr ist noch eine ältere Dame in meiner Apotheke gewesen. Die … die hat sich ein paar Kopfschmerztabletten und Vitamine gekauft. An die kann ich mich noch gut erinnern. Sie hat mir erzählt, dass ihr Mann vor vier Wochen gestorben ist und dass sie ihren Hund hat einschläfern lassen müssen, weil er vorgestern von einem Auto angefahren worden ist.«

»Haben Sie da einen Namen für uns?«, will Patrik wissen.

Bernd überlegt.

»Erna … Erna Wuttke.«

Erneut schaut der Beschuldigte nervös zu den Beamten auf. Diese blicken ihn ernst an.

»Der Mord ist heute Mittag passiert!«, deckt Stefan auf. »Können Sie uns bitte die Telefonnummer und Adresse Ihrer Eltern geben, damit wir Ihre Angaben überprüfen können.

Bernd ist über das Verhalten der Beamten sichtlich verärgert, gibt ihnen aber die Telefonnummer und Adresse seiner Eltern. Martina bittet den Anruf direkt tätigen zu können, was Kluge gerne erlaubt. So ruft die Polizistin die genannte Nummer an und erklärt der Frau, die sich am Telefon als Bernds Mutter zu erkennen gibt, dass es einen Vorfall mit Ihrem Sohn gegeben hat. Sie würde gerne wissen, wann sie ihren Sohn das letzte Mal gesehen hat. Ohne zu zögern erklärt die Befragte, dass ihr Zögling sie heute zuletzt besucht hat. Er sei gegen 11:20 Uhr angekommen und gegen 17:30 Uhr wieder nach Hause gefahren. Dann möchte die Mutter wissen, was denn geschehen sei. Martina erwidert, dass sich der Fall damit erledigt hat. Sie hat lediglich das Alibi von Bernd überprüfen wollen.

Die Beamtin legt auf und bestätigt ihren Kollegen die Angaben der Mutter. Kluge schnauft durch und blickt die Beamten erwartungsvoll an.

Diese verabschieden sich von ihrem bisher Verdächtigen und verlassen das Haus wieder. Sie steigen in ihren Wagen und fahren ein paar Meter, als sie von einem winkenden Weihnachtsmann dazu angehalten werden, zu stoppen. Patrik lenkt den Wagen an den Bürgersteig heran und Beifahrerin Martina lässt die Seitenscheibe herunter.

Santa grüßt freundlich, mit tiefer Stimme und reicht jedem der Ordnungshüter eine Zuckerstange durch die offene Scheibe. Er bedankt sich für die Arbeit der Beamten und wünscht ihnen noch einen schönen Weihnachtstag. Dann verabschiedet er sich und auch die Gesetzeshüter fahren ihres Weges.

Entmutigt erreichen sie das Polizeirevier, wo sie den Gerichtsmediziner bitten, schnellstmöglich Ergebnisse zu liefern. Dieser vertröstet die Gesetzeshüter auf den 27. Dezember.

Martina und Patrik führen ihren Dienst fort, während Stefan sich auf den Weg zu seiner Mutter macht und sich für heute verabschiedet.

6

26. Dezember 9 Uhr

Die drei Polizisten des Vortages haben sich gerade gegenseitig begrüßt, als auch schon Patriks Diensttelefon klingelt. Er hebt ab und erfährt von der Einsatzleitstelle, dass eine Putzfrau die Leiche einer älteren Dame gefunden hat, die offensichtlich einen sehr gewaltsamen Tod gestorben ist.

Sofort machen sich die drei Beamten auf den Weg zum Haus des Opfers. Etwa 20 Minuten nach dem Anruf, erreichen die Staatsdiener das Haus, indem Erna jahrelang mit ihrem Ehemann gelebt hat. Dort werden sie von einem Streifenpolizisten erwartet. Dieser führt die Kollegen in das Wohnzimmer, wo man die blutverschmierte Leiche der Rentnerin findet.

Patrik erkundigt sich, wer die Leiche denn entdeckt hätte. Ein anderer Streifenpolizist verweist auf Emma Winkler, die sich unter ärztlicher Aufsicht in der Küche befindet.

Während Patrik einen genaueren Blick auf die Leiche wirft, begeben sich Martina und Stefan in die Küche. Dort sitzt eine sichtlich geschockte Frau. Nachdem sich die Beamten nach dem Wohlbefinden der Mittzwanzigerin erkundigt haben, erklärt diese dann, dass sie bereit für eine Befragung ist.

Martina beginnt sie zu Fragen, in welcher Beziehung sie zu der Toten steht und wann sie die Leiche gefunden hat. Emma erklärt, dass sie die Reinigungskraft von Frau Wuttke ist. Sie habe ihr mit ihrem Besuch eine Weihnachtsfreude machen wollen, weil sie kürzlich erst ihren Mann und dann ihren treuen Hund verloren hat.

Martina und Stefan blicken sich sofort an. Bei den beiden Staatsdienern klingeln unvermittelt alle Alarmglocken. Sie drehen sich zur Küchentür um, da betritt auch schon Patrik den Raum.

»Schaut mal, was ich neben der Leiche gefunden habe! Außerdem hat sie davon etwas in ihrem Mund gehabt!«, erklärt der Polizist.

»Lebkuchen!« ist sich Stefan sicher.

»Erna Wuttke! Das ist die letzte Kundin von Kluge gewesen!«

Die Polizisten blicken sich an.

»Frau Winkler, Sie geben einem der Kollegen bitte Ihre Kontaktdaten. Wir werden uns für weitere Fragen bei Ihnen melden.«, erklärt Martina.

Emma nickt. Dann verlassen die drei Beamten das Haus und machen sich sofort wieder auf den Weg zum Haus von Bernd Kluge.

7

26. Dezember, 10 Uhr

Als die Beamten vor der Haustür des Apothekers ankommen und mehrmals klingeln, gibt es hierauf keine Reaktion aus dem Inneren des Wohngebäudes. Während Martina an der Tür stehen bleibt und weiter klingelt, teilen sich ihre beiden Kollegen auf und gehen einmal um das Grundstück herum.

Als Patrik hinter dem Haus ankommt, ruft er seine Kollegen zu sich und beginnt damit die Terrassentür gewaltsam zu öffnen. Nachdem die Staatsdiener das Wohnzimmer betreten haben, sehen sie den Apotheker. Er hängt neben seinem verdreht stehenden Holztisch in der Luft. Er ist tot. Unter und neben der Leiche liegen mehrere Teile des vermeintlich selben Lebkuchens, wie man ihn bei Frau Wuttke und Stefans Vater gefunden hat.

»Selbstmord?«, fragt Patrik seine Kollegen anblickend.

»Kann gut sein! Mal sehen.«, erwidert Stefan.

»Vielleicht finden wir ja einen Abschiedsbrief, ein Geständnis oder etwas in der Art.«, sagt Martina und begibt sich auf die Suche, während Patrik zum Telefon greift und bei der Leitstelle die erforderlichen Kollegen zum Tatort bestellt.

Stefan sieht sich den leicht hin und her schwingenden Toten an. Gerade, als er genau vor der Leiche steht, fällt dieser ein Stück Lebkuchen aus dem Mund, vor den Beamten, auf den Boden.

»Treffer!«, ruft Martina aus dem Nebenraum.

»Hast du etwas gefunden?«, will Patrik wissen, der sein Telefonat eben beendet hat.

»Ein Geständnis!«

Patrik und Stefan begeben sich zu Martina und lesen das Schriftstück des Apothekers. Hierin gesteht er die Morde an drei Menschen, die er dieses Weihnachten getötet haben will. Weiterhin outet er sich als Mörder von sechs weiteren Personen, die er in der Vergangenheit ums Leben gebracht hat. Zuletzt kündigt er in seiner Mitteilung an, dass er sich durch den Strick und die Einnahme von mit blauem Eisenhut vergiftetem Lebkuchen, selbst das Leben nehmen wird.

Für die Polizisten ist der Fall damit klar. Jetzt müssen sie nur noch die dritte Leiche finden, damit der Fall mit dem Giftmörder endgültig aufgeklärt werden kann.

Als die Beamten wieder in ihrem Revier ankommen, lassen sie sich die bisher festgestellten Fakten und Beweisaufnahmen von den Streifenpolizisten und dem Gerichtsmediziner darlegen.

Der Arzt gibt an, dass er noch nichts hundertprozentiges sagen kann. Er geht aber nach seinen bisherigen Erkenntnissen und der allgemeinen Sachlage davon aus, dass alle Opfer dieses Weihnachtsfestes durch die Hand des Apothekers, und dessen vergiftete Lebkuchen, gestorben sind. Um das Bild abzurunden muss nun aber noch das genannte, dritte Opfer des Giftmörders gefunden werden. In eben dem Moment, indem der Gerichtsmediziner dies ausspricht, betritt ein Polizist vom Innendienst den Raum.

»Wir haben eine weitere Leiche! Sie ist im Krankenhaus gestorben!«

»Wer ist es?«, will Stefan wissen.

Der Beamte öffnet seine Mappe und liest:

»Es ist ein 8-jähriger Junge! Er ist vergiftet worden. Vermutlich mit blauem Eisenhut. Gestern Nachmittag eingeliefert. Ihm ist nach dem Besuch des Wintermarktes plötzlich schlecht geworden und seine Eltern haben ihn ins Krankenhaus gebracht, wo er gegen 7:30 Uhr heute Morgen verstorben ist!«

Alle im Raum sind geschockt. Wie passt der Junge in das Bild? Was hat er mit dem Apotheker zu tun?

Die Beamten greifen sich ihre Jacken und begeben sich zum Krankenhaus, um dort mit den Eltern und den Ärzten zu reden.

Währenddessen ist Emma Winkler wieder bei sich zu Hause angekommen. Immer noch steht die junge Frau unter Schock. Warum ist Frau Wuttke ermordet worden? Eigentlich hat sie geglaubt, dass die alte Frau das Opfer eines Überfalles geworden ist. Jedoch hat sie mitbekommen, dass die Polizisten vor Ort davon ausgehen, dass das Tatmotiv woanders zu finden sein wird. Die ganze Sache kommt ihr seltsam vor. So entschließt sie sich, ihre beste Freundin anzurufen, und diese um Rat zu fragen.

Sie wählt die Telefonnummer und diese nimmt das Gespräch entgegen:

»Guten Morgen. Jenny Johnson am Apparat ...«